SOMMAIRE

Je m’appelle Bayu, j’ai onze ans et je vis dans le village de Sempol, à l’est de Java, une des îles de l’Indonésie. Mon village est réputé pour ses plantations de café mais il est surtout célèbre pour son volcan, le Kawah Ijen. Aujourd’hui, en sortant de l’école, je joue avec mes amis dans les rues en terre du village mais j’attends demain avec impatience : je vais monter au volcan pour la première fois.

19 H

À la maison, Kemala, ma mère, prépare mon plat préféré : des brochettes satay faites avec du poulet ou du bœuf mariné dans de nombreuses épices et un grand bol de riz accompagné de sambal, une purée de piment.
Je dois prendre des forces pour escalader la montagne.

J'aime le prénom de ma mère, Kemala,
qui signifie pierre magique,
comme les pierres que Bintang, mon père,
ramène du volcan :
il est porteur de soufre au Kawah Ijen.

1H

Il est une heure du matin quand mon père
vient me réveiller. Il préfère travailler la nuit
pour éviter la grosse chaleur humide de la journée.
J’avale une tasse de thé et,
les yeux encore tout embués de sommeil,
j’enfourche le vieux vélomoteur
qui va nous conduire au départ du chemin.

2H

À peine arrivés, Bintang récupère les paniers d’osier qui vont servir à ramener le soufre : deux paniers reliés par une tige en bambou pour faire balancier.
Il prend un balancier et m’en donne un, « pour m’entraîner ».
Le début de la montée est facile, le chemin est large et se faufile entre les grands arbres,
puis la pente se redresse
et je commence à ralentir le pas.

3H

Nous marchons ainsi pendant une heure
à la lueur de nos lampes quand,
tout à coup, je découvre le cratère.

Deux cents mètres en contrebas,
je distingue les contours d'un lac
et j'aperçois des silhouettes
qui s'affairent dans les fumées,
éclairées par des lampes vacillantes.

3H30

La descente est périlleuse. Un sentier étroit se fraye un passage dans des éboulis instables et nous devons faire attention aux porteurs qui remontent déjà. Ici, on travaille tout le temps, nuit et jour. Nous arrivons près du lac d'acide couleur bleu turquoise. Bintang va chercher sa barre à mine déposée dans une petite cabane en bois recouverte par une vieille bâche. Puis il s'approche des fumées et m'explique :

« Tu vois, Bayu, ces longs tuyaux en fonte
captent les vapeurs de soufre,
ces fumées bleues que tu aperçois là-bas.
Le gaz se refroidit dans les tuyaux,
devient liquide puis se solidifie à la sortie
en prenant une couleur orangée
puis jaune citron. »

4H

Mon père a pris un chiffon humide entre ses dents pour se protéger des fumées qui, parfois, lui arrachent des quintes de toux. Il lui faudrait un masque mais c'est bien trop cher pour lui. Il espère qu'un jour un touriste en visite au volcan lui en offrira un !
Avec sa barre, il soulève les plaques de soufre puis les casse afin qu'elles puissent rentrer dans les paniers. Il lui faut bien répartir les charges pour avoir un équilibre parfait. C'est important pour remonter car là-haut, sur le sentier, le moindre faux pas pourrait être fatal.

5H

Quand il a rempli ses paniers, il les place
sur deux grands bidons pour pouvoir les charger
sur ses épaules plus facilement. Il se place sous la barre
de bambou, se redresse, équilibre la charge et en route !
Il marche d'un pas lent et sûr pendant dix minutes,
pose ses paniers et redescend à vide
chercher le deuxième chargement.
Ainsi, il repose un peu ses épaules.
Jusqu'au sommet, il fera ces allers-retours.
Jamais il ne se plaint. Pourtant, je devine
à son regard que les paniers sont très lourds
mais cela ne l'empêche pas de sourire.

9H

Même si ce travail est difficile,
il ne le quitterait pour rien au monde,
d'abord parce que le volcan c'est sa vie,
mais aussi parce qu'il lui rapporte trois fois plus
que s'il travaillait dans les plantations de café
ou de riz.

La descente vers Sempol est plus facile.
À mi-chemin, mon père s'arrête près d'un
baraquement en bois pour peser son
chargement. Il en profite pour souffler un peu
avant de reprendre la route.

10 H

Il faut fournir un dernier effort pour aller jusqu'au parking où attendent les camions. Il pèse alors les paniers une deuxième fois avant de les vider dans le camion qui transportera le soufre à l'usine.

Il est dix heures du matin, mon père a fini sa journée de travail. Un employé lui donne son salaire du jour : 80 000 roupies pour 160 kg de soufre.

Depuis que nous sommes partis de la maison,
nous n'avons rien mangé.
Bintang m'emmène avec lui
dans la petite boutique où Ika prépare
de délicieux beignets de bananes
que nous avalons avec appétit.

J'ai découvert le Kawah Ijen,
l'univers mouvant et fascinant du volcan
et des hommes qui y travaillent.
J'en suis certain maintenant :
après mes années de collège,
je suivrai les traces de mon père.
Je serai porteur de soufre !

L'INDONÉSIE

Rizières à Bali

Géographie

Située en Asie du Sud-Est, l'Indonésie est le plus grand archipel du monde avec plus de 17 000 îles dont beaucoup sont inhabitées. Les plus grandes sont Sumatra, Kalimantan (partie indonésienne de Bornéo), Nouvelle-Guinée (partagée avec la Papouasie-Nouvelle Guinée), Sulawesi. Java est l'île la plus peuplée ; Bali, la plus connue et la plus fréquentée par les touristes. La capitale, Jakarta, se trouve sur Java.

L'archipel est bordé par l'Océan Indien à l'ouest et l'Océan Pacifique à l'est. Il est baigné de nombreuses mers intérieures : mers de Java, des Moluques ou des Célèbes.

Yogjakarta

Temple bouddhiste de Borobudur

Cultures dans le Tengger

Population

Avec 250 millions d'habitants, l'Indonésie est le 4e état le plus peuplé du monde. Il compte de très nombreux peuples qui ont chacun leur propre langue.

Langues

La langue officielle est l'indonésien, enseignée dans toutes les écoles. Mais la plupart des Indonésiens parlent une autre langue, leur langue maternelle ; les principales sont le javanais et le sundanais. En tout, il y a 742 langues différentes. Certaines sont en voie de disparition.

Religions

L'Indonésie est le plus grand pays musulman du monde. L'hindouisme est très pratiqué à Bali. Catholicisme et bouddhisme sont les autres religions minoritaires.

Économie

Le sous-sol de l'Indonésie est riche en matières premières : pétrole, gaz naturel, étain, cuivre.

L'agriculture traditionnelle est basée sur le riz dont le pays est un très gros producteur. Le café, le cacao et les épices sont les autres cultures importantes. L'exploitation de bois précieux et la production d'huile de palme entraînent une déforestation inquiétante de la forêt primaire. Le tourisme occupe une part de plus en plus grande dans l'économie.

La monnaie indonésienne est la roupie : 10 000 roupies valent 66 centimes d'euros.

LES VOLCANS

Un pays de volcans

Les volcans en Indonésie

L'archipel indonésien se trouve en limite de deux plaques tectoniques. Cette zone est appelée par les volcanologues zone de subduction : une plaque plus dense (plus lourde) s'enfonce sous une plaque plus légère. Les roches de la plaque qui s'enfonce fondent, deviennent plus légères et remontent à la surface en suivant des failles : un volcan se forme.

Les volcans indonésiens sont des volcans explosifs, appelés volcans gris. Ils sont une grande menace pour la population, particulièrement à Java.

Offrandes à Brama

Le volcan Krakatau

Paniers chargés de soufre

Le Merapi, qui domine la grande ville de Yogjakarta, est un des volcans les plus dangereux de la planète avec ses nuées ardentes meurtrières.

Le Krakatau, dans le détroit de la Sonde, a été rendu tristement célèbre par une éruption en 1883 qui a provoqué un tsunami tuant 36 000 personnes sur les côtes de Java.

Mais ces volcans sont aussi une source de vie. Les terres sont très fertiles et on peut faire par endroits jusqu'à trois récoltes de riz par an.

Certains volcans sont sacrés. Au Bromo, les bouddhistes apportent des offrandes au dieu Brama qui vivrait, selon la légende, au fond du cratère. Ils lui demandent ainsi de ne pas entrer en éruption.

À l'est de Java, le volcan Kawah Ijen, dont le nom signifie « cratère vert », est exploité pour son soufre dont on dit qu'il est le meilleur du monde. Un lac d'acide occupe le fond du cratère ; c'est la plus grande réserve d'acides chlorhydrique et sulfurique du monde.

À quoi sert le soufre ?

Le soufre est utilisé dans l'agriculture comme engrais, insecticide ou fongicide (qui tue les champignons parasites). On l'utilise aussi pour raffiner le sucre (le rendre blanc) et dans la vulcanisation (fabrication de caoutchouc pour les pneus). Il entre dans la composition de certains médicaments. Autrefois, on s'en servait pour fabriquer des allumettes.

LES PORTEURS DE SOUFRE

Porteur de soufre

Les conditions de travail des porteurs

Les hommes travaillent dans des conditions extrêmement difficiles au milieu des vapeurs soufrées toxiques. La plupart n'ont comme protection qu'un simple mouchoir humide qu'ils tiennent entre leurs dents. Ce n'est évidemment pas cela qui va les protéger efficacement. Les gaz respirés à forte dose sont très mauvais pour les yeux, la peau et surtout les poumons. L'espérance de vie des mineurs est faible et dépasse rarement 40 ans. Pourtant, s'ils persistent dans cette activité qui ruine leur santé c'est que cela leur rapporte un salaire deux fois plus élevé que le salaire moyen en Indonésie.

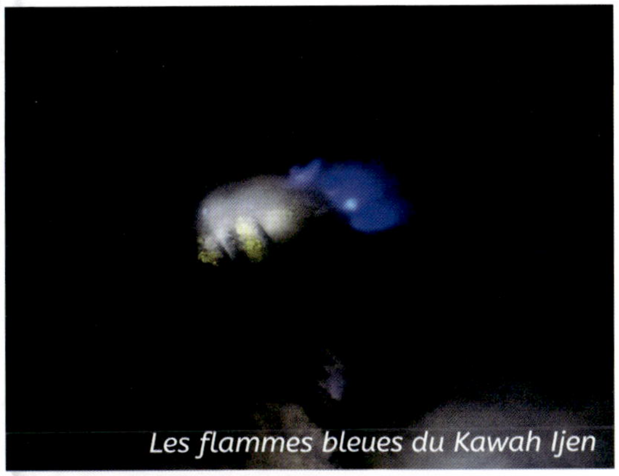

Les flammes bleues du Kawah Ijen

Tuyaux, sortie du soufre

Fumées au bord du lac

Malgré ce travail pénible, les porteurs sont toujours très souriants.
Les hommes font deux à trois voyages par jour, ce qui représente une distance de 16 à 24 km. Les paniers pèsent en moyenne 90 kg mais certains porteurs peuvent charger jusqu'à 120 kg par voyage. Ainsi on extrait environ 10 tonnes de soufre par jour.
La mécanisation de l'exploitation serait très difficile à réaliser voire impossible. On est à l'intérieur d'un cratère actif et une éruption détruirait les installations !
Ce risque d'éruption est un autre danger pour les mineurs. Parfois des grosses bulles de dioxyde de soufre se forment à la surface du lac ; en éclatant, elles libèrent le gaz mortel. Le volcan est très surveillé par les volcanologues. Mais certains porteurs ne font pas toujours cas des menaces ou des interdits d'accès.

Le volcan et ses à-côtés

Le Kawah Ijen est devenu une destination touristique de plus en plus recherchée et cela rapporte un peu aux porteurs qui vendent aux touristes des petits échantillons de soufre. Au pied du volcan, à Sempol, il y a des plantations de café qui produisent un des cafés les plus chers et les plus réputés du monde. Des plantations de riz et de canne à sucre sont irriguées par le torrent issu du trop-plein du lac. Ses eaux chargées d'acide peuvent être toxiques à forte dose pour les plantations.

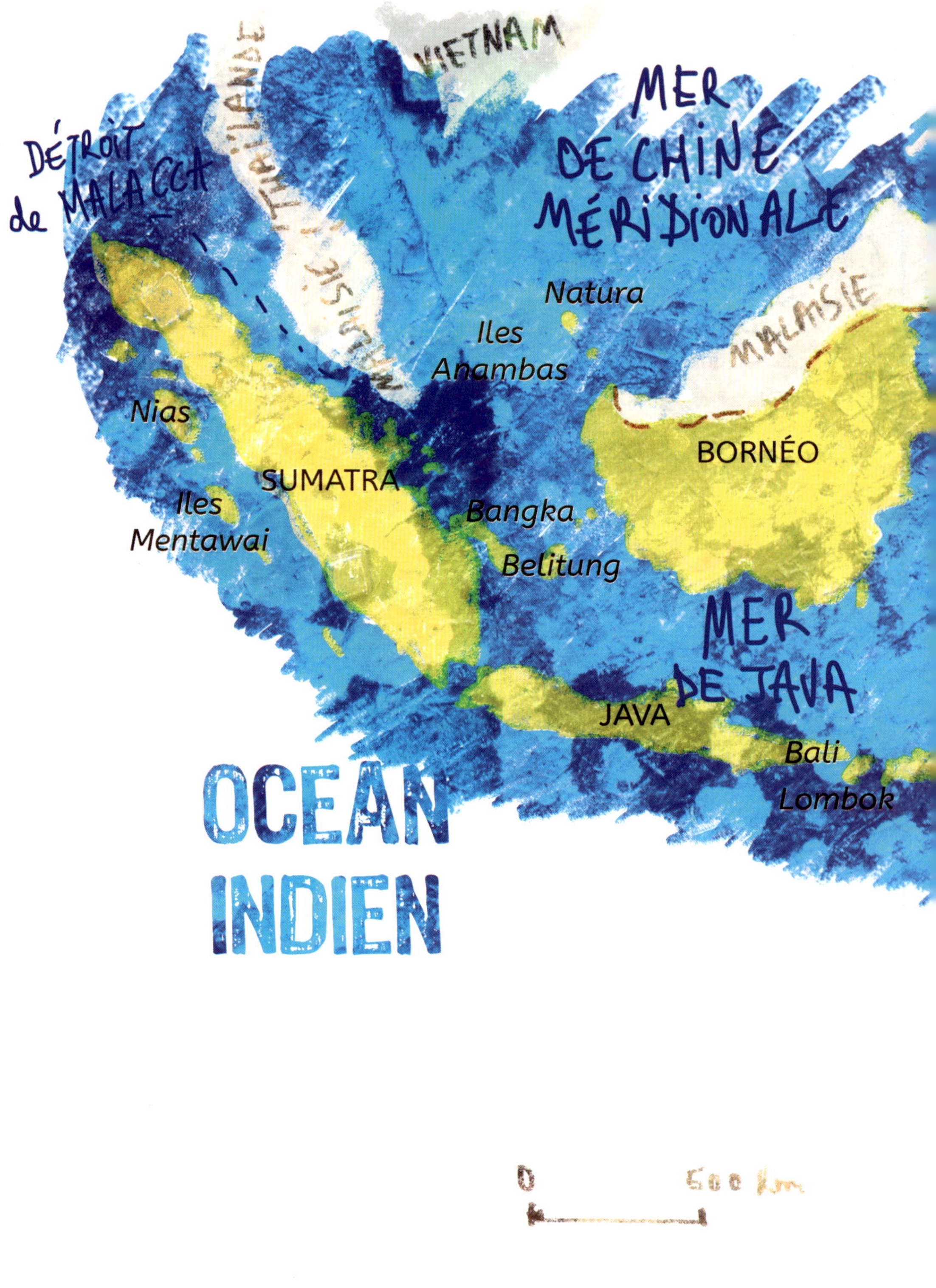
VIETNAM
THAÏLANDE
DÉTROIT de MALACCA
MALAISIE
MER DE CHINE MÉRIDIONALE
Natura
Iles Anambas
MALAISIE
Nias
SUMATRA
BORNÉO
Iles Mentawai
Bangka
Belitung
MER DE JAVA
JAVA
Bali
Lombok
OCEAN INDIEN
0
500 km